رواية

عاشق الورد

د. جُمان الريحاني

إهداء..

إهداء إلى الورد وروح الورد

إهداء إلى عبير الورد وعطور الورد

إهداء إلى كل متذوق للجمال

إهداء إلى كل عشاق الورد

جمان الريحاني

أندرو جوسفريد

كان أندرو جوسفريد شابا عاشقا للورود، وهذا أمر كان يتذكره عن والدته أندريا التي كانت امرأة نبيلة تحب الحديقة التي قدمها لها والده، لكي توافق على الزواج منه.

ولكن والدته أندريا قد توفيت بينما كان صغيرا، وتزوج والده وهذا ما جعل زوجته الجديدة ترسل الفتى الصغير إلى مدرسة داخلية، وقامت بهدم الحديقة وأقامت بناية في مكانها.

اختفت كل ذكريات الطفل عن والدته الجميلة، والتي كانت تنبع منها رائحة الورد.

كان للوالد مال وأعمال وهذا ما جعله يشترط على ابنه، الذي لا يزوره في البيت إلا في المناسبات، أن يدرس إدارة أعمال لكي يتولى قيادة شركاته بعده.

لم تتشارك معه زوجته في تلك الأمنية، ولكنها بذلت جهدها لكي تتولى هي الأعمال، فتعب ولازم الفراش في آخر أيامه.

وبعد فترة من الزمن وبينما الابن في السنة الثالثة جامعة، حتى سمع بخبر وفاة والده الذي كان يمنعه من أخذ الإجازات.

وعندما عاد إلى البيت وجد بأن الخبر لم يكن جديدا، وأن الوالد قد مات منذ شهر تقريبا وأن زوجة أبيه قد تولت الأعمال في الشركة.

بعد أن عاد واجتمع بها وبالمحامي جوردي، الذي كان ينتظر قدومه لكي يفتح الوصية.

تفاجأ الجميع بما قاله المحامي جوردي.

لقد ترك الوالد كل أمواله وشركاته لزوجته لوحدها، ولم يترك لابنه شيئا.

لم تكن زوجة الأب متفاجئة لأنها في الحقيقة هي من كانت قد فعلت ذلك، وفق خطة رسمتها ونفّذتها بالتعاون مع أصدقاء لها.

لم تكن الوصية حقيقية ولم تكن مزورة أيضا، فقد كتبتها هي ووقع الزوج قبل وفاته بالإجبار، وما بقيّ من توقيعات أخذتها من أصابعه بعد موته.

وفي تلك اللحظة وبعد ذلك الإعلان الذي كان يبدو غير صحيح كشفت زوجة الأب عن وجهها الحقيقي، وطلبت من أندرو الخرج من بيتها على الفور.

ولكن المحامي جوردي قد اعترض عن ذلك وقال:

سيدتي مع كل احترامي لا يمكنك أن تطري من البيت

السيدة جوسفريد:

ولما لا استطيع فانا امتلك كل شي

ألست أنت من قرأ الوصية يا سيدي المحترم

المحامي جوردي:

أجل.. سيدتي ولكن لا يمكنك فعل ذلك

السيدة جوسفريد:

هل أنت جاد فيما تقوله لقد أصبحت هذه الأموال لي؟

هل أنت بكامل قواك العقلية أيها المحامي؟

المحامي جوردي:

سيدتي الوصية لا تشمل هذا البيت

السيدة جوسفريد:

إياك.. أن تقول هذا

إنه بيتي منذ عشرين سنة وأنا أحبه كثيرا، ولا يمكنني أن اسمح لك بأن تحرمني من ما هو لي.

المحامي جوردي:

سيدتي.. ولكن..

السيدة جوسفريد:

لقد اكتفيت

نضرت إلى أندرو وقالت:

أخرج من بيتي فورا

ثم نظرت إلى المحامي وقالت:

رجاء اخرج أنت أيضا من بيتي

المحامي جوردي:

سيدتي البيت ليس لك وأنت من يمكنك الخروج

لأن البيت هو لهذا الشاب، انه ملك لأندرو

السيدة جوسفريد:

ما الذي تقوله، هل جننت؟

اخرجا حالا من بيتي

المحامي جوردي:

لست مجنونا على الإطلاق

هذا البيت وكل المساحة التي يقع عليها هي ملك أندرو الذي أنت تطردينه.

أندرو:

هيا يا سيدي أنا لا أريد شيئا

المحامي جوردي:

ولكن أنا لا أبالغ فقبل خمسة وعشرون عاما كتب والدك هذا البيت باسم والدتك، وهو لك الآن وهذه الوثيقة تثبت ذلك.

البيت الثروة

لقد كان البيت من أثمن الأملاك التي تركها والده، ولكنه في الحقيقة لزوجته أندريا، وهذا ما جعله يصبح مليونيرا بدل أن تطرده زوجة والده إلى الشارع معدما.

شعرت السيدة بالانهيار فقد كانت تعتقد بأنّها تحصلت على كل أملاك زوجها، وهذا البيت كان بمثابة القصر، لقد كانت تحبه، وله مساحة كبيرة، وفي خلفه غابة كبيرة والبناية التي أقامتها على الحديقة الرائعة التي هدمتها.

وبتحصل ابنه على ذلك البيت كأنّه قد تقاسم معها ثروة أبيه، وهي لم تراودها الشكوك يوما بأن البيت ليس لزوجها كان الرجل يعيش في البيت لأنه يحمل الكثير من الذكريات عن زوجته الراحلة.

وأيضا الكثير من الذكريات الجميلة والحب، الذي كان يعيشه معها والدفء العائلي الذي كانت تجعله يشعر به برفقتها هي وطفلها الصغير.

ولم يخبر زوجته الجديدة يوما عن كون البيت لزوجته، الراحلة ويعود إلى ابنه.

وقال المحامي جوردي اعتذر منك يا سيدتي ولكن عليك المغادرة فورا.

بعد أن خرجت هي وكل خدمها بقي المحامي جوردي مع أندرو، وأعطاه كل الوثائق التي تخصه وأخبره بأن لا يلوم والده كما أنّه لا يصدق بأن والده قد ترك كل أملاكه لـها.

سأله أندرو:

لما تقول هذا؟

وأضاف المحامي قائلا:

لقد كان لوالدك أحلام كبيرة عنك لكي تستلم العمل بدلا عنه ولكي تصبح خليفته في الشركات لذا أنا لا أظن انه

قد يغير رأيه فجأة، ودون أن يلجأ لي حتى أو يخبرني وقد كان يستشيرني دائما وفي كل الأمور وابسطها.

أندرو:

سامحه الله

المحامي جوردي:

لا تكن حاقدا عليه، لا أعتقد أبدا أن تلك الوصية صحيحة

أندرو:

هذا.. لا يهم الآن

المحامي جوردي:

ماذا ستفعل الآن؟

أندرو:

لا شيء

المحامي جوردي:

بقي أمامك سنة واحدة للتخرج، ما الذي تفكر فيه فعله بعدها؟

أندرو:

لم يبق شيء

المحامي جوردي:

ما الذي تقصده؟

أندرو:

اقصد أن والدي هو من كان يريد مني أن ادرس إدارة أعمال

المحامي جوردي:

أجل أعلم ذلك لأنه كان يريدك أن تصبح مدير مجموعة شركاته.

أندرو:

وبما انه قد مات، والشركات أصبحت لزوجته أرى بأنه لا داعي لأن أكمل دراسة أنا لا أحبها.

المحامي جوردي:

إذن.. سوف تتوقف عن الدراسة.

أندرو:

أجل..

لقد اشتقت لهذا البيت فهم لم يكونوا يسمحوا لي بالمجيء إلّا في المناسبات وبما أن البيت أصبح لي.

أريد أن أنام واجلس واسترخي.

أنا حقا متعب، فأنا لم اشعر أنني في البيت منذ عشرين عاما

المحامي جوردي:

أهلا بك في بيتك يا بني..

أندرو:

شكرا أيّها المحامي جوردي

المحامي جوردي:

إن أردت أن تسألني عن أي شيء أو تستشيرني لا تتردد إطلاقا.

أنت بمثابة ابن لي.

أندرو:

أعلم ذلك

شكرا لك

المحامي جوردي:

إذن.. سوف انصرف

وعندما رافقه أندرو إلى الباب قال أمرا آخر:

ما يزعجني هو وجود تلك البناية هناك

المحامي جوردي:

يمكنك هدمها إن أردت ذلك

أندرو:

ذلك المكان كان حديقة والدتي المليئة بالزهور الفوّاحة

لازلت أشم رائحتها رغم أن زوجة أبي قد تخلصت من كل ما يعود إلى والدتي.

المحامي جوردي:

لا عليك..

كل شيء يعوض

أندرو:

شكرا لك مرة أخرى.

المحامي جوردي:

لا تنسى أن تتصل متى ما شعرت بالحاجة إلى ذلك ربما حتى من أجل إجراء حديث أو فضفضة.

اعتبرني مثل والدك..

أندرو:

حسنا..

سوف أفعل.

ارتاح أندرو في البيت، وعاش عدة أيام لوحده ويهو يفكر فيما سيفعله بحاضره ومستقبله.

وبعد عدة أيام وهو فعلا لا يطيق منظر تلك البناية من النافذة، قرر أن يقوم بهدمها وان يعيد المكان كما كان.

لقد فكر في أن يقيم حديقة مثل حديقة والدته أندريا، وفي نفس المكان ولكنه للأسف كان طفلا صغيرا ولا يتذكر كيف كانت الحديقة ولكنه قرر المحاولة على الأقل.

اتصل أندرو بالمحامي جوردي وأخبره بما كان يفكر فيه فأخبره بأنه سوف يجهز له الأمر

لقد كان المحامي جوردي على معرفة بوالد أندرو، وكان صديقا لوالده حتى قبل أن يتزوج بوالدته أندريا.

وبعد أن تمم هدم البناية وتم تنظيف المكان

كان لا يزال المكان لكثير من العناية فالأرض تقريبا لم تعد صالحة للزراعة والغرس

نصح المحامي جوردي أندرو بأن يطلب مساعدة رجل يمتلك مشتل وزهور في المدينة.

بداية جديدة

في يوم من الأيام وبينما كان أندرو في المدينة قرر أن يزور المشتل الذي اخبره عنه المحامي جوردي.

وجد مشتلا رائعا يعبق بمختلف روائح الورد والأزهار والعبير الذي جعله يغمض عينيه، ويتذكر القليل من ذكريات والدته أندريا.

وفجأة أيقظه من أحلامه رجل كهل، وقد كان هو صاحب المشتل.

فعرفه عن نفسه وأخبره بما يريده وقال:

مرحبا سيدي..

صاحب المشتل:

أهلا وسهلا يا بني..

بما يمكنني أن أساعدك

أندرو:

هذا المكان رائع

إنّه خلاب..

والعبير لا يمكنني وصفه

صاحب المشتل:

أنت عاشق للورد اذن.

أندرو:

سيدي أريد أن تكون لدي حديقة مليئة بكل أنواع الورود،

هل يمكنني فعل ذلك.

صاحب المشتل:

هل تعلم بأنّك ذكرتني بشخص ما

أندرو:

شخص يحب الورد مثلي

صاحب المشتل:

بل يعشقه ويصفه مثلما تصفه، ولكن كان ذلك منذ

عشرين عاما.

أندرو:

عشرون عاما.

وأنت أيضا تذكرني بكلامك بشخص ما

صاحب المشتل:

هل تراه نفس الشخص

لا اعلم..

أندرو:

سيدي لدي حديقة

أو بالأحرى أمل أن تصبح لدي حديقة

صاحب المشتل:

وأين يكمن المشكل؟

ما المانع؟

أندرو:

كان على الأرض بناية، وأريد استصلاحها.

أريدها أن تصبح حديقة، بمختلف أنواع الورود والأزهار
في العالم

لقد كانت لتصبح كذلك ولكن تم تخريبها وإقامة بناية فوقها

صاحب المشتل:

هذا حلم جميل بل حلم نبيل.

هل تعلم لم يكن هذا الحلم يراود إلا شخصا واحد كنت
أعرفه

لقد كانت تأتيني سيدة وزوجها ويبتاعان كل الورود أو الأزهار، التي كانت تردني جديدا وكان لها نفس حلمك هذا.

ولكن هذا كان قبل عشرين عاما.

أندرو:

هل تقصد السيدة والسيد

صاحب المشتل:

نعم.. وهل تعرفهما أنت؟

أندرو:

إنهما والدي

وذلك كان حلم والدتي.

وأريد أن أحققه وأتابعه حتى آخر نفس لي

صاحب المشتل:

ألم أخبرك بأنك تذكرني بها؟

عجبا لقد كانت والدتك

أندرو:

للأسف أنا لا اتذكرها جيدا

ولا اعرف ما هي الورود التي كانت تحبها

صاحب المشتل:

لقد كانت امرأة نبيلة

وقد كانت عاشقة للورد، وتحب كل أنواع الورود

ولكن يمكنني أن أساعدك

أندرو:

هل حقا يمكنك أن تفعل ذلك؟

صاحب المشتل:

طبعا

بالرغم من أنني عجوز إلا أنني في مجال البستنة
والنباتات والورود، لا يوجد من يستطيع منافستي

أندرو:

أنا سعيد جدا بذلك

صاحب المشتل:

مازلت اتذكر كل الورود التي كانت لديها

أندرو:

أحقا يا سيدي..

صاحب المشتل:

طبعا

سوف أساعدك بكل ما أتذكره

أندرو:

أنا أشكرك جزيل الشكر يا سيدي

صاحب المشتل:

لا داعي للشكر..

سوف أساعدك من أجل والدتك، لقد كانت سيدة نبيلة وجميلة ومرهفة الإحساس.

ومن أجل عشقها وعشقك للورد.

أندرو:

هل تظن بأنه يمكنني استصلاح الأرض الخاصة بالحديقة؟

صاحب المشتل:

دع الأمر لي

أندرو:

حسنا..

وبعد مرور أسبوع أو أكثر بقليل، وفي يوم كان أندرو لا يزال نائما حتى سمع طرقا على الباب.

قام من نومه ولكنه لم يكن الوقت مبكرا بل أندرو هو من تأخر في الاستيقاظ.

عندما فتح الباب وقد كان يسمع الكثير من الفوضى والضوضاء الصادرة من الخارج، وجد الرجل صاحب المشتل ومعه عربة فيها كمية كبيرة من التراب الصالح للزراعة وبعض الرجال.

ألقى عليه التحية، وقال:

مرحبا يا سيدي.. هذا أنت؟

صاحب المشتل:

يبدو أنك كنت نائم؟

أندرو:

نعم..

صاحب المشتل:

الساعة الواحدة بعد الظهر

تنشط أيها الشاب

أندرو:

أحقا؟

صاحب المشتل:

انظر ماذا هناك (وأشار للعربة التي بها التربة الزراعية)

الم نتفق على استصلاح الأرض

أندرو:

هذا يسعدني

تفضل بالدخول..

صاحب المشتل:

لا.. نحن سوف نباشر العمل فورا

اذهب أنت لتآخذ حماما أو تصنع لنفسك كوب شاي أو فنجان قهوة، بينما نحن نهتم بالأمر.

أندرو:

حسنا..

سوف استعد واصنع القوة لنا جميعا واحضرها الى الحديقة

صاحب المشتل:

حسنا

أندرو:

الحديقة في الخلف

صاحب المشتل:

لا تقلق أنا اعرفها أكثر من أي شخص آخر

لقد زرتها في السابق أكثر من مرة

ويمكنني أن أعد لك خريطة كيف كانت

أندرو:

أنا متشوّق جدا للعمل

صاحب المشتل:

هيّا استعد على السريع، والتحق بنا..

حديقة الأم

رسم صاحب المشتل خريطة لحديقة والدة أندرو القديمة، وذكر فيها كلما كان موجودا من أنواع الورود.

وحاول أن يجمع تلك الأنواع مع أندرو.

لم يكن أندرو مهتما لما ستكلّفه تلك الحديقة، لكنه أراد أن يجعلها مثلما لا يستطيع تذكرها، مثلما كانت.

لقد كانت لديه صوّر خفيفة عن شكلها ولكنه مازال يتذكر الرائحة.

كانت والدته أندريا تضع الورود على رأسها وتتزيّن بها وأيضا تضعها في مزهريات في البيت.

والجميل في والدته أندريا الذي كان يتذكره قليلا، هو أنها كانت تلبس فساتين عليها ورود وبكل الألوان.

لقد كانت تحب الورد في بيتها، وعلى شعرها وأيضا على ملابسها.

كانت ترتدي فساتين فيها ورود كبيرة وأزهار صغيرة صفراء حمراء وردية وكل الألوان والأنواع.

تلك المرأة تلك السيدة النبيلة كانت تعشق الورد لقد كانت سيدة جميلة وراقية.

كانت تعبق بعطر الورد، وجميلة مثل الورد وأيضا ماتت في عمر الورد.

للأسف لم تترك زوجة والده من ذكرياتها شيئا لقد تخلصت من كل ما يَمُتّ للزوجة الأولى لزوجها بصلة.

تخلصت من فساتينها وصورها وكل ذكرياتها، وأيضا دمّرت تلك الحديقة التي تمّ تعميرها بكل حب.

لقد كان صاحب المشتل يعرف والديه بعض الشيء فحكي له كلما يعرفه، وأخبره بأن السيدة النبيلة كانت تقصد مشتله، لكي تبتاع أي بذور جديدة وصلت لأي مشتله ومحلّه وتدرس حياتها لكي تعرف كيف تعتني بها.

واخبره أيضا بأن والده كان يهديها في كل المناسبات باقّة ورود جديدة وقال:

لقد كنت أنا من أصنع له تلك الباقات بكل عناية

وكان يطلب مني أن أضع له أكثر من نوع من الورود،
وان تكون هناك على الأقل وردة واحدة جديدة لا تعرفها
زوجته.

أندرو:

أنا مندهش لكل هذا الكلام

صاحب المشتل:

ليس هذا فقط..

لم يكن الأمر يتوقف هنا فقط

أندرو:

ماذا هناك؟

صاحب المشتل:

لقد كان والدك يأخذ معه البذور وليس فقط الأزهار

أندرو:

هل هذا حب؟

صاحب المشتل:

إنه أجمل عشق رأيته

كان والدك يعشق والدتك

ووالدتك تعشق الورد

أندرو:

لكنها كانت تحب أبي أيضا

صاحب المشتل:

لقد كان والدك يحب عشقها للورد ولا يرى بأن هذا العشق ينافس حبها له، بل كان يحب حبها للورد أيضا.

أندرو:

لقد كانت عاشقة للورد

صاحب المشتل:

وقد كانت الحديقة تخليدا لحبهما وأيضا لعشق والدتك للورد

أندرو:

وزوجة أبي قد قضت عليها

صاحب المشتل:

لا تقلق سوف نعيدها كما كانت

هناك فقط أمر لن نستطيع فعله

أندرو:

وما هو؟

صاحب المشتل:

بعض الورود التي كانت لديها هي أزهار نادرة ولا توجد عندي في المشتل

أندرو:

سوف نتحصل عليها بأي ثمن

صاحب المشتل:

وأيضا يجب عليك أن تدرس حياة الورد كما كانت تفعل والدتك لكي تعتني بها جيدا.

أندرو:

سوف أفعل ذلك حتما

صاحب المشتل:

بالرغم من انه كان لديها بستاني إلا أنها كانت تعتني بها بنفسها.

أندرو:

أنا مستعد لفعل كلما تحتاجه الحديقة.

صاحب المشتل:

هكذا أنت تعجبني

أندرو:

شكرا لك.

أنا لدي هدف وأريد تحقيقه

صاحب المشتل:

ابدأ بالدراسة إذن..

انتظر سوف أحضر لك كلما أحضرته مي

أندرو:

وما الذي أحضرته؟

صاحب المشتل:

في السيارة الخريطة التي رسمتها لك

وأيضا بعض الملفات القديمة التي لدي عن الورود
والأزهار.

هي في الحقيقة ملفات قديمة ومهترئة ومنها ما يعود إلى
أكثر من عشرين سنة.

سوف تجد معلومات مهمة تفيدك

ويمكنك أن تعتمد على نفسك أيضا، وأبذل بعض الجهد

واترك أمر الحديقة لي أنا والعاملين حتى نتأكد من أن التربة أصبحت جاهزة.

أندرو:

حسنا..

لا يمكنني أن أشكرك كفاية

صاحب المشتل:

إنه عملي وقد أحببت والديك أيضا وكانت تعجبني تلك الحديقة.

وأنا أحب كل من يحب الورود والنباتات

انه عالم بريء نقي جميل ومليء بالحياة وأمور أخرى سوف تتعرف عليها فيما بعد

أندرو:

أنا أشكرك على كل شيء

عملك هذا يساعدني كثيرا

أنا أتعرف على والدتي من جديد

صاحب المشتل:

أنت تشبهها

ولديك نفس عشق الورد الذي كان لديها

أندرو:

شكرا..

عالم الورد

وبعد أن أخذ أندرو تلك الملفات بدأ رحلة الدراسة ودخل عالم الورد.

لقد بدا يتعرف على الورد وأنواعه وأيضا دخل حياته وتعرف على تفاصيله الخاصة فوجد بأن ما هو أمامه ليس بالأمر السهل بل هي رحلة كبيرة وتتطلب الكثير من الوقت والتركيز والبحث.

لقد سم البحث الذي سوف يجريه بعد أن ألقى نضرة عامة على الموضوع إلى مراحل أو أنواع.

فسم الورود إلى أقسام من حيث المواسم التي تنمو بها

وأقسام من حيث المناطق التي تنمو بها

وأيضا من حيث قوة الرائحة

ومن حيث الألوان.

وأيضا إلى أقسام من حيث المساحات التي تتطلبها فهناك ورود أشجارها تحتاج مساحة أكبر من غيرها.

ولكن صاحب المشتل أخبره بأنه يجب أن يدرس الورود المحلية أولا، لأنها هي المتوفرة والتي سوف يبدؤون بزراعتها هي أولا.

لقد كان البحث غنيًا ومتعبًا وممتعًا في نفس الوقت.

حديقة الورد

بدأت التربة تصبح جاهزة وبدأت الحياة تدبّ في الحديقة والمكان، وصاحب المشتل كل يوم أو يومين أو ثلاثة يأتي لكي يطمئن على المكان ويرى كيف تسير الأمور.

لقد قاموا بنزع كل التربة والأرض التي كان فوقها بناية، واستبدلوا التراب بتراب جيّد وصالح للزراعة وكانوا يقومون أيضا بسقايته.

كما انه قد وضعوا أجود السّماد على الأرض من أجل خصوبة الأرض وفي البداية قام صاحب المشتل بزراعة بعض البذور، فقط من أجل اختبار التربة.

لقد قام بزراعة بذور القمح لمجرد الاختبار

وبعد بعض الوقت قام بغرس بعض الأشجار التي هي جاهزة للغرس ولن يتم وضعها كبذور بل أشجار جاهزة ولكنها صغيرة الحجم، وكان يقوم بسقايتها بانتظام وهو ينتظر نجاح العملية وان تبدأ في النمو.

وبعد مدة من الزمن بدأ صاحب المشتل والبستاني الذي وظّفه أندرو، بحضور أندرو الذي فهم خريطة الحديقة وأرادها أن تكون مماثلة لما كانت عليه في زراعة بعض البذور للورود المحلية.

لقد كان الأمر ليأخذ بعض الوقت ولكن لم يكن هناك مانع لدى أندرو، الذي قرر أن يحقق هذا الهدف بغض النظر عما قد ينفقه عليه من مال ووقت.

وهكذا بدأت علامات الحديقة تظهر، وبدأت تصبح الأرض تشبه الحديقة.

لقد كانت جميلة منذ أن كانت مجرّد تراب ينتظر الزراعة، وها هي تصبح جميلة بالبزوغ النباتات الصغيرة والرؤوس التي هي تخرج من الأرض كأنّها بلي كريات الزجاج الصغيرة.

إنّها براعم تنمو بالحب، إنهم أطفال الحب بين الأرض وحب سقاية البذور من طرف أندرو، ومن حوله من مساعدين البستاني وصاحب المشتل.

لقد كان منظر الأرض التي بدأت تضخ الحياة منظرا جميلا يجعل الروح تحلّق في سماء الحياة وأيضا تجول في تلك الحديقة الصغيرة، ومساحتها والتي تحتضن كل بذرة بحب.

كانت البداية مع الورد والزهور المحليّة

الورد ربيع

بلونية الأحمر والأبيض

النرجس البري

الزنبق ليلي

فريزيا ربيع

أبيض أقوى رائحة

التوليب الخزامى

من نوفمبر إلى ماي

في بريطانيا من يناير إلى ابريل

باستثناء الأسود والأزرق

الأوركيد

قطرات الثلج

زهرة اللؤلؤ

دوار الشمس

الفاونيا عود الصليب

من أجل الأشجار وهي تحمل ورود كثيرة، وجميلة تشبه الورد

الأزهار النادرة

وبعد أن أكمل أندرو تجميع بذور الأزهار التي تنمو عن طريق زراعة البذور، وأيضا قام بتجميع الأزهار التي تُنقل كشجيرات صغيرة إلى حديقته، وبعد أن أنهى تقريبا كل الأزهار المحلية انقل إلى مرحلة أخرى.

المرحلة الثانية كان زراعة الأزهار التي تنمو في المناطق القريبة من مدينته أو بالأحرى دولته، وأصبح يستورد أزهار من كل دولة.

اسكتلندا

ايرلندا

فرنسا

اسبانيا

وباقي الدول الأوروبية

وبعد أن أنهى تجميع الأزهار والورود من كل الدول الأوربية، جاء دول القارات الأخرى، فكان يبدأ من الأقرب إلى الأبعد وهكذا.

كان يجري بحوثه الخاصة، ودائما يستشير صاحب المشتل الذي يمده بأهم المعلومات التي لن يجدها في الكتب، ولا في باقي المحلات.

كان يستورد وأحيانا يذهب بنفسه للبحث عما يريد ويجلبه معه، لأن الأمر كان يهمّه، وهو أكثر شخص سوف يكون حريصا على أموره من غيره.

فعندما يتعلق الأمر بزهرة نادرة أو باهظة الثمن لا يوكل الأمر لغيره، بل يقوم بذلك بنفسه وبشكل شخصي.

لقد مرّت السنوات و أندرو على هذه الحال والحديقة تكبر كل يوم وتصبح أجمل، كما أنّها كل فترة تستقبل ضيفا جديدا من الزهور والورود بمختلف الألوان والبذور وطريقة الزراعة.

لقد كان الأمر ممتعا ومفيدا.

أصبح أندرو يعشق حديقته أكثر كل يوم عن اليوم الذي قبله، ولم يكتف من عشقه للورد إذ تابع مشواره بلا كلل ولا ملل.

ورغم أن الحديقة أصبحت تحتوي على كل الألوان ورائحتها، لا استطيع إبقائها حقها من الوصف لأنها كان عالما من الروائح الجميلة.

كما أنّه أجرى دراسات كثيرة وأيضا أصبحت لديه ذاكرة بكل الروائح، ويستطيع أن يخبرك اسم الزهرة التي يشم عبيرها دون أن يراها ويقصّ عليك حياتها ومشوارها، دون أن يتردد آو يخطئ.

لقد أصبح عالما في الأزهار يمكنه أن يعلم من هي الزهرة الحقيقية، من التي تنمو داخل بيوت بلاستيكية لقد أصبح يعرف عبير الزهرة التي تنمو في تربتها الأصلية، والزهرة المعاد زراعتها في أرض ليست أرضها الأصلية.

كان يقول بأن الأزهار التي تنمو في أرضها وتربتها الحقيقية تكون ذات رائحة نفاثة، تختلف عن التي نقوم بزراعتها كما أن درجة ملوحة المياه التي تسقى بها تختلف، وأيضا المناخ يجعلها أيضا تغير من رائحتها.

لقد أصبح عالما بالأزهار كما انه كان يقوم بتحنيط أو تجفيف كل زهرة يبتاعها لأوّل مرة فقد كان يقلّد والدته أندريا في هذه النقطة لقد كان يشتري زهرة وبذرة.

الزهرة يقوم يتجفيفها، والحفاظ عليها مثلما هي ويضعها في صندوق زجاجي، وتحتها قطعة قماش حريري، ويحتفظ بها في مكتبه الخاصة بالأزهار مع وضع اسمها عليها، وملاحظة باليوم والمكان الذي اشتراها فيه، وأيضا بعض المعلومات في خلف الصندوق عن أصلها وتكوينها.

كانت الصناديق التي يصنعها خصيصا لها هي صناديق للعرض، وأصبحت لديه مكتبة من ألاف الأزهار.

بعد مرور فترة من الزمن والتي سخرها أندرو لحديقته، أصبح لديه كم من المعلومات يفوق الكتب والمكتبات يفوق أي شخص في هذا المجال

لقد كان حبه وعشقه للورد هو ما جعله يصبح هكذا، فالدراسة عن حب تختلف عن الدراسة لأجل هدف مادي مثلا أو لمجرد إحراز درجة أو حيازة منصب ما.

لقد ذاع صيته وأصبحت حديقته معروفة لدى الناس، فقد أخذت بعض المحلات صورا لها بعد أن تناقل الناس إخبارها عبر الوطن والعالم.

لقد أصبحت حديقته كأنها مَعلَم وطني أو سيّاحي ولكنه لم يوافق على زيارة الغرباء إليها إلا بعض الصحفيين ولم يقم بفتحها للناس، كما انه لم يعتبر انه قد أكمل مشواراه وقد تجاوز الأربعين سنة.

من الأزهار النادرة التي في حديقته

زهرة الميدل ميست الحمراء

كامبيون

زهرة خف السيدة الصفراء والأرجوانية

زهرة الوسطاء الحمراء من الصين واختفت من الصين

ومن الأزهار الليلية

زهرة كادوبول سيريلانكا

بعد أن تفوقت حديقة أندرو عن حديقة والدته أندريا،
وهذا وفقا لكلام صاحب المشتل ولك من كان يعرف
والدته أندريا، فقد افتتح الحديقة بعد أن حقق عددا قياسيا
في أنواع الأزهار فيها، وقام بدعوة بعض الأشخاص
الأوفياء الذين كانوا يعرفون والدته ووالده مثل المحامي
جوردي.

أعجب الناس بها وقد اخبرهم بأنه ممنوع قطع الأزهار
بل استمتعوا بالمنظر والرائحة فقط، كما أنه قد قدّم لهم في

نهاية الحفلة باقات من الأزهار لكي يحملوها معهم إلى بيوتهم كهدية.

لقد أصبح حلمه أن يجمع أكبر عدد من الأزهار، بل كان يريد أن يحصي كل الأزهار الموجودة في العالم، بعضها لم يكن في الحصول عليه من مشكلة وبعضها كان صعبا أما في إيجاده أو شرائه أو شراء بذرة أو حتى في الزراعة، فقد كان يتابع كل المراحل حتى تزهر النبتة في تربته الخاصة.

كما أنه قام بإضافة مساحات أخرى للحديقة من الأرض التي كانت تحيط بها، وهي فقط مساحات خضراء لأن حديقة والدته أندريا لم تكن كبيرة الحجم إلى هذه الدرجة لقد ضاعف حجمها لعشرات المرات، وقد كانت هناك مساحات كبيرة تحيط بالبيت والحديقة.

كما كان هناك اصطبل قديم فقام بالتخلص منه وأصبح بدلا عنه مساحة إضافية من الأرض الجيّدة للزراعة، أرض خصبة ولكن هذا أيضا لم يكن حاجزا أمامه أو مشكلة بالنسبة له فقد تعلم كيف يستصلح الأراضي من الرجل صاحب المشتل الصديق الوفي.

بعد أن أصبحت حديقته تحتوي على آلاف الأزهار، أصبح لديه شغف آخر وهو مطاردة الأزهار النادرة.

أراد أن يمتلك كل الأزهار حتى النادرة منها ولم يكن ثمنها عائقا أمامه، لأن البلدية قد صرفت له مبالغ للمحافظ على الحديقة، كما انه كان يتحصل على مساعدات مادية وتبرعات دون أن يطلبها ولكن بعض فاعلي الخير رأوا بأنه يستحق المساعدة لكي يحافظ على تلك الحديقة التي بناها بمفرده.

كما أنه وصف عشرات البستانيين للمساعدة في أمور الحديقة من زراعة وتقليم وإضافة سماد وللتخلص من الحشرات، ولعلاج الأمراض أن أصيبت إحدى الأشجار أو الأزهار بمرض ما.

وقد كان يعرف كل الأمراض والطفيليات التي تصيبها ولكنه بالرغم من ذلك كان يستشير متخصصا في ذلك المجال.

راح أندرو يطارد أحلامه ويحققها واحدا تلو الأخر، وكلها حول الأزهار والورد حول العالم.

فبالرغم من أنه قد أصبح صاحب أجمل حديقة خاصة في العالم، إلا انه مازال يبحث عن الورود التي لا يمتلكها.

قرر أندرو أن يقوم برحلة حول العالم من أجل رؤية أزهار نادرة، والتي لم تكن تستطيع العيش على مختلف الأماكن حول العالم لذا قرر على الأقل أن يراها حتى وان لم يستطع أن يمتلكها.

على الأقل يراها وربما يأخذ لها صورا وان لم تكن

تستطيع العيش على أرض غير أرضها، أراد أن يشتري منها زهرة وأن يقوم بتحنيطها لكي يضيفها إلى مجموعته الخاصة.

كتب قائمة بالأزهار النادرة التي يريد على الأقل امتلاك زهرة محنطة منها أو ربما حتى رؤيتها بأمّ عينه، وأن يرى كيف هي تعيش وأن يرى بيئتها وكأنّها على الطبيعة

تضمنت قائمته من الأزهار ما يلي:

قسموس دموي داكن

المكسيك

كوكيا كوكي

هواي

زهرة جادي فيئي

الفلبين

زهرة الكرمة الزمردية المضيئة ليلا لأن الخفافيش تلقحها

الفلبين

زهرة شبح الأوركيد

فلوريدا كوبا

بعد أن أعد أندرو القائمة بالأزهار النادرة، والتي عرف بأنه لا يمكن أن يحصل عليها وخاصة التي منعت الدول قطفها والتي هي ضمن محميات قانونية فأندرو لم يكن يخالف القوانين، ولا يمكن أن يحقق حلمه بطرق غير شرعية رغم أن ذلك كان آمرا واردا

فلو أراد كان بالإمكان أن يتحصل على بعض تلك الأزهار بطريقة غير شرعية، ففي كل عالم يوجد من يستطيع أن يبيع أمرا ما بالمال.

وهذا سوف يعتبر مخالفة للقانون وسوف تكون هناك عواقب بالتأكيد، فربما تنقرض تلك الأزهار أو يحدث أي

أمر آخر لأن من سيقرر بيعها سوف يقوم بتخريب المحميات وسوف يسرقها ربما.

قام أندرو بوضع خريطة لسفره ولرحلته الجميلة هذه، فقرر أن يجوب العالم في رحلة لعاشق الورد.

قرر أن تبدأ رحلته من استراليا واسيا مرورا بإفريقيا وصولا إلى أمريكا والمكسيك.

لقد رسم خط سير الرحلة، وقرّر أن يبدأها في اقرب فرصة متمنيا أن تثمر بعض النتائج.

المشاهدة بعينه هو أمر جيد جدا، ولكن كان يتمنى لو يحصل على زهرة واحدة على الأقل أو بذرة أو شجرة صغيرة.

أراد وتمنى من كل قلبه أن لا يعود خالي الوفاض مع أنه يعلم بأنه سوف يحظى بتغذية بصرية رائعة، وتجربة في عالم الورد والأزهار ممتعة ومميزة.

كما أنه قد اخذ معه بعض الصناديق الزجاجية، وقرر أن يبحث عن أزهار من تلك مجففة فربما يحالفه الحظ

ويجلب إحداها فما المانع أن يأخذ معه الصناديق، وأن
يقوم بأخذ الاحتياطات اللازمة.

في أخر المطاف وفي نهاية الرحلة كانت أخر مدينة يزورها هي المكسيك.

تنقل من مدينة إلى مدينة وفي يوم وبينما هو في السوق يحاول أن يبتاع بعض البذور التي سمع عنها، وهي لزهرة محلية هناك في المكسيك وهي بالعادة قد لا تنمو في بلدان أخرى إلا أن بذورها متوفرة لذا قرر أن يبتاع البعض.

ولكنه وللعجب تفاجأ بشيء في السوق على رصيف كان هناك رجل مُسن يفرش بساطا صغيرا ويضع عليه بعض الكتب للبيع.

الكتب قديمة ومستعملة ومهترئة ولكنه بالرغم من ذلك يعرضها للبيع لكي يحظى بلقمة عيشه.

ربما أخذ تلك الكتب من القمامة، وربما تخلص منها أصحابها فأخذها هو لكي يعيد بيعها.

في البداية أعتقد أندرو بأن هناك كتابا قد لفت انتباهه، كتاب مرسوم عليه دفيئة وإظهار كثيرة فاعتقد بأنه عن الأزهار لذا قرر أن يشتريه.

وعندما اقترب من الرجل الذي لم يكن يجيد لغته اشترى الكتاب ومشى في حال سبيله.

تفاجأ كثيرا عندما بدأ يقرا ذلك الكتاب الغريب العجيب، لقد كان فعلا كتاب عن الأزهار.

بطلة الكتاب امرأة عجوز تتكلم عن الأزهار وعن حياتها في المكسيك، رغم أنها ذات أصول بريطانية وهي تقريبا تحكي عن حياتها.

وقد ذكرت بأنها كانت لديها صديقة تحب الورد كثيرا بل تعشقه، وقد قدم لها حبيبها حديقة ورد كاملة وعشق

صديقتها للورد هو ما جعلها تتابع حلمها بأن تصبح عالمة نبات.

لقد ذكرت اسم صديقتها والتي بالصدفة كانت والدة أندرو، لقد تفاجأ بما سمعه وقد سعد بذلك، وقرر أن يزورها خاصة وأنها تعيش هنا في المكسيك.

أراد أن يزورها لأنه عندما قرأ ما كتب على ظهر الكتاب، علم بأنها تعيش في الجبال كانت لديها دفيئة وتقوم بزراعة الأزهار وهي مريضة.

قرر أندرو أن يزورها لكي يسألها عن والدته أندريا فقد كانت على معرفة بها، وهي أمله في أن تقص علي بعض القصص عن والدته أندريا وربما تمتلك لها صورة.

بدأ رحلته وترك أمر الزهرة النادرة إلى ما بعد ذلك، ولكن الطريق كانت وعرة جدا.

لقد جازف بحياته أن صعد كل تلك المسافة ومرّ على تلك الأنهار والأماكن الوعرة ولكنه استمتع بالمناظر والجو المتقلب والماطر أغلب الوقت، فقد مر على غابة لكي

يصل إلى الجبل الذي تعيش عليه السيدة جابريلا جونيمانسون.

استمتع بالرجلة واستمتع بأخذ الكثير من الأزها،ر واكتشف جمالا آخر لم ين يعلم عنه شيئا.

لقد اكتشف عالم الفراشات والذي يشبع من حيث ألوانه وأنواعه الكثيرة، عالم الأزهار ولكنه من دون عبير وهو يعشق عبير الأزهار الذي يذكره بوالدته أندريا الجميلة.

أخذ الكثير من الصور الجميلة.

في الحقيقة لقد أعجبه منظر الفراشات مع الأزهار، وخاصة الفراشات ذلت الألوان المختلفة.

كانت الفراشات تضفي بعض الجمالية على الأزهار رغم أن الأزهار لم تكن في حاجة لشيء أو مخلوق لكي يكمل جمالها، ولكنه اعتبرهما زوجان يكملان بعضهما البعض مثل الذكر والأنثى، فالمرأة والرجل ليسا ناقصين ولكنهما يكملان بعضهما.

لقد كانا يشكلان ثنائيات جميلة.

كان أندرو سعيدا باكتشافاته وبالصور وبكل الرحلة، إلا أنّه تعب كثيرا فقد كانت الطرق والممرات متعبة.

وأخيرا وصل إلى المكان المنشود، لقد عرف بأنه وصل من بعيد، لأن الدفيئة كانت تظهر من على مسافة.

كان أندرو في قمة السعادة لوصوله، لأنه وأخيرا سوف يقابل صديقة والدته أندريا، التي من المؤكد أن في جعبتها له بعض القصص عن والدته أندريا والحكايات.

حتى أنّه قد رأى صورتها على الكتاب وكان يقول في نفسه:

ربّما هي تشبه والدتي..

وربما لو كانت والدتي حية، كانت تشبهها وفي مثل سنها.

وصل أندرو إلى باب بيت جميل يشبه الكوخ كثيرا، فطرق الباب كثيرا ولكن أحدا لا يرد.

وقد تركه الدليل عند عتبة الباب وغادر وأخبره بأنّه سوف يعود بعد يومين، وقد وصلا إلى هناك والظلام حالك.

نظر هنا وهناك، ثم انتبه إلى أن نور في الدفيئة فتوجه إلى هناك، ونادى بأعلى صوته.

وفَجأةً سمع صوت امرأة أعتقد بأنّها السيدة العجوز، وإذا بسيدة تخرج من هناك وهي تقول:

أنا قادمة.. أنا قادمة..

لقد خرجت إليه من هناك فتاة جميلة جدا، ذات صوت حنون.

لقد كانت فتاة شقراء بشعر كأنّه خُصَلٌ من الشمس، وتضع وردا أحمرا ووورديا على شعرها فوق أذنها اليمنى.

وتلبس فستانا أبيض اللون، عليه ورود حمراء وصوتها رقيق وحنون.

لقد أصبحت الصورة ضبابية، وخرجت تلك المرأة وهي تقول:

أنا قادمة أنا قادمة

لقد كان يقف هناك عاجزا كأنه طفل صغير

بل كان مجرد طفل صغير والتي جاءت باتجاهه كانت والدته أندريا بفستانها الأبيض والذي عليه ورد احمر متوسط الحجم.

وهي تضع أزهارا على شعرها، وتنبع منها رائحة العبير الجميل.

لقد كانت والدته أندريا وهو كان مجرّد طفل صغير

لقد كان الأمر أشبه بالحلم.

وبعد قليل استفاق أندرو وقد أُغميَّ عليه وصحا من حلمه الجميل مع والدته أندريا، ولكنه مازال يشم العبير نفسه الذي كان يشمه في صغيره مع والدته أندريا.

فوجد بجانبه فتاة جميلة بشعر أصفر

فركَ عينيه ولم يستطع أن يُمَيَّز بين الواقع والخيال

هل هي والدته أم أنها ليست هي؟

لقد كان الشبه بينهما كثيرا.

وبعد أن أفاق من الصدمة جيدا، اتضحت الرؤية أمامه

لقد وجد فتاة جميلة بشعر أشقر، وهي فعلا تضع ثلاث وردات على شعرها وراء أذنها.

وترتدي قميصا أبيض اللون عليه ورودا حمراء، وليس فستانا ولكنه قريب جدا من فستان والدته في ذلك الحلم أو تلك الذكرى الجميلة التي عادت إليه عن والدته.

وترتدي سروالا قصيرا بيج اللون.

وتفوح منها عبير الورد الذي اعتاده على والدته أندريا،

لقد كانت تشبهها كثيرا جميلة مثلها، ببشرة صافية نقية

بيضاء وشفاه بلون الفراولة.

كانت الفتاة تكلمه ولكنه لا يرد عليها لأنّها على ما يبدو لازال في صدمة فوجهت له الكلام وقالت:

هل تسمعني؟

أنا أكلمك..

مرحبا.. هل تسمعني؟

أندرو:

هل أنت حقيقية؟

هل أنت أمي؟

الفتاة:

يا للهول..

وبصوت منخفض قالت:

هل هو مجنون؟

ما هذه الورطة؟

ثم قالت بصوتها العادي حيث يمكنه سماعها:

سيدي.. هل أنت تسمعني؟

أنا صاحبة هذا البيت والدفيئة وأنت هنا لغرض ما

فكرت قليلا في نفسها (إنه يبدو أجنبيا وليس من هنا)

هل تذكر أنك هنا في المكسيك؟

سيدي.. رجاء ساعدني لكي أدخلك إلى البيت

أندرو: (بعد أن استفاق حقا من إغمائه)

هل أنت السيدة جابريلا جونيمانسون؟

وقام من على الأرض واعتذر

أنا آسف .. ، أنا آسف ..

الفتاة: (وهي تضحك)

لا .. طبعا

أنا ابنتها، واسمي كارولينا

لقد كانت تضحك لأنها فتاة شابة، بينما والدتها جابريلا امرأة في السبعين من العمر.

أندرو:

أنا آسف ..

كارولينا:

هيا .. لندخل البيت

أندرو:

لا أريد إزعاجك

كارولينا:

لا .. أنت لا تزعجني

أندرو:

آسف.. ، لأنني أتيت من دون أن اتصل، لم أجد طريقة لفعل ذلك.

كارولينا:

لا عليك.. نحن نرحّب بالضيوف في أي وقت.

بعد أن دخلا إلى البيت واستراح من التعب، وقدّمت له كارولينا الجميلة بعض الشراب والطعام، وبعد أن جلس أصبحت تطرح عليه بعض الأسئلة، لأن الوقت كان متأخرا ولم تشأ أن تستضيف شخصا غريبا لديها في بيتها وقالت:

هل يمكنك الآن يا سيدي أن تخبرني بذلك

من أنت؟

ولماذا أنت هنا؟

لقد لاحظ أندرو ارتباك كارولينا، لذا اعتذر منها واظهر لها الكتاب وقال لها:

أنا هنا من أجل هذا..

كارولينا: (وقد تأثرت كثيرا وإغرورقت عيناها)

إنه كتاب والدتي..

فأكمل أندرو كلامه وقال:

أنا اسمي أندرو جوسفريد

وقد جئت إلى المكسيك لكي أرى زهرة

ولكني وجدت هذا الكتاب

وعندما قرأته عرفت بأن السيدة جابريلا جونيمانسون (والدتك) هي صديقتي والدتي..

لذا جئت بحثا عنها لكي اسألها عن والدتي

كارولينا:

للأسف والدتي لا يمكنها أن تجيبك على ذلك

أندرو:

ولما لا..

لقد كتبت في كتابها بأنّها تعرفها

إنها صديقة طفولتها

السيدة جابريلا جونيمانسون

كارولينا:

هل أنت حقا هو ابن السيدة؟

لقد كانت والدتي تكلمني عنها كثيرا

أندرو:

أريد أن أراها.. رجاء..

لا تمنعيني من ذلك

كارولينا:

ولكن والدتي لا يمكنها أن تفيدك بشي

أندرو:

لما هل هي مريضة؟

كارولينا:

لا..

أندرو:

إذن.. اسمحي لي برؤيتها فقط لبعض الوقت.

كارولينا:

ولكن..

أندرو:

أنا مستعد لأي شروط، أريد فقط أن أراها

أخبريها أنت أنني ابن صديقتها

كارولينا:

والدتي ماتت.

أندرو:

ولكن ما الذي تقولينه؟

متى حدث ذلك؟

كارولينا:

لقد ماتت منذ سنتين.

أندرو:

آسف.. لسماع ذلك

ولكن اعتقدت أن هذا الكتاب قد نشر قبل سنة واحدة

كارولينا:

إنها إعادة طبع.

وأيضا لقد ساعدتها أنا في كتابته لأنها كانت تعاني من الزهايمر في آخر سنوات حياتها، ولكنها كانت تتذكر والدتك جيدا.

لقد استغرقنا الكتاب حوالي أربعة سنوات

أندرو:

هل حقا كانت تتذكر والدتي؟

كارولينا:

نعم.. لقد كلمتني عنها كثيرا

أندرو:

ماذا أنت تقول لك عنها

كارولينا:

الكثير.. لا يمكنني أن أخبرك كل شيء مرة واحدة

الكثير عن حياتهما وصداقتها، وأيضا عن قصة حب
والديك.

وعن الحديقة..

أندرو:

كنت أريد أن اسألها أسئلة كثيرة عن حديقة والدتي، لأنني
أقمت حديقة وأردت أن اعرف إن كانت تشبهها.

كارولينا:

أنا يمكنني فعل ذلك.

أندرو:

وكيف يمكنك فعل ذلك؟

كارولينا:

هل لديك صور لحديقتك؟

أندرو:

أجل..

كارولينا:

أظهر الصور وسوف أعود بعد قليل

أندرو:

ماذا..؟

لم تجبه كارولينا وتوجهت إلى الداخل، وأحضرت أربعة ألبومات صور.

ووضعتها على الطاولة ثم قالت له:

لا تلمس شيئا ورائي سوف أعود حالا..

وغادرت الصالون وعادت إليه بصندوقين من الكرتون، وجلست لتستعيد أنفاسها وأجابت على سؤاله حيث قال لها:

ما كل هذا..؟

كارولينا:

هذه ذكريات والدتي، ويسعدني أن أتشاركها معك، وأعطته ألبوما ضخما أحمر اللون وقالت

خذ وافتحه..

وعندما فتحه قالت له:

هاتان والدتانا..

إنها ذكرياتهما وحياتهما، وذكريات لنا نحن أيضا

تعرّف على والدتك ووالدتي أيضا.

لقد دمعت عيناه وهو يرى كل حياتهما أمامه، والدته ووالده، الحديقة، البيت وهو طفل صغير ورضيع.

وأيضا صور تجمع الوالدتين.

وقالت له:

لقد كانت والدتك تكتب لأمي وترسل لها صورا كل فترة، ووالدتي احتفظت بها كلها وهنا أيضا الرسائل إن أردت أن تشتم رائحة والدتك في الرسائل التي بخط يدها، إلا الأخيرة عندما كانت مريضة كان والدك هو من يكتب لها

وبعد أن تزوج والدك توقفت الرسائل وانقطع الاتصال

لقد سافرت والدتي إلى هنا وأغرمت بوالدي، وعاشت من أجله هنا وبعد وفاته، أكملت حياتها في هذا البيت لأنه كان مليئا بالذكريات.

أندرو:

والدتك تشبه والدتي في كل شيء حتى التصرفات.

لم تكونا تتشابهان في الحقيقة في الشكل الخارجي، لأن والدة كارولينا كان أطول قامة، وأضخم بينما والدته أندريا أكثر نعومة.

أما كارولينا فقد كانت تشبه والدته أندريا قليلا.

ناعمة وجميلة وبنيتها لا تشبه بنية والدتها جابريلا، بل هي قصيرة بعض الشيء، جميلة ولها شعر أشقر وتحب الورد ولها رائعة عبير الورد.

لم يصدق أندرو كل ما حصل معه وكيف تعاملت معه، كارولينا لقد أعجب بطيبتها وكيف أنها تشاركت معه كل تلك الذكريات.

قضيا كل الليل وهما ينظران للصور و كارولينا تحكي له عن والدته أندريا، وما تعرفه عنها وأيضا تسترجع ذكريات والدتها جابريلا.

وأحيانا تعد الشاي وتحضر بعض الطعام الجاهز، لديها وهكذا حتى بزغ الفجر.

يبدو أن الاثنان قد غفيا على الكنبة في الصالون وعلى الطاولة الكثير من الصور، وعلى الأرض أيضا كل تلك

الرسائل والصور والأمور الجميلة والتي تنبع منها رائحة الماضي الجميل المليء بالحب والدفء.

قامت كارولينا من نومها وهي لم تنم كثيرا، نظرت إلى أندرو الذي كان نائما وهو يحتضن البوم الصور، وضعت لحافا عليه وذهبت.

لقد نام أندرو طويلا وعميقا، ورأى أحلاما كثيرة جميلة عن والدته أندريا.

عندما استيقظ لم يكن يعلم أين هو، ولكنه بعد أن رأى كل تلك الصور والألبومات تذكر تلك الأمور الجميلة التي حدثت معه ليلة البارحة.

نادى عن كارولينا ولكنه لم يجدها، لقد كانت تنبع رائحة طعام شهية من المطبخ فاعتقد بأنها في المطبخ، وقد شعر بالجوع من تلك الراحة الشهية.

وصل إلى المطبخ ولكنه لم يجدها كان هناك بعض الطعام على الطاولة والذي يبدو لذيذا جدا، وهناك أيضا شيء ما في الفرن لم ينضج بعد.

خرج من باب المطبخ الذي يخرج في حديقة جميلة جدا، لم يرها ليلة البارحة لأن الجو كان مظلما.

لقد أعجب بهندسة الحديقة ووردها وأزهارها الجميلة، ونسي أنه يبحث عن كارولينا وعندما تذكر ذلك بسماعه بعض الضوضاء التي تأتي من بيت الدفيئة توجه إلى هناك.

عندما دخل وجد كارولينا الجميلة بين الورود، وكأنه يراها لأول مرة لقد كانت جميلة جدا ترتدي قميصا أصفر اللون مليئا بالورود وتنّورة صفراء.

لقد كانت تشبه والدته أندريا أيضا، تحب الورد وهاهي ترتدي قفازان وتعتني بالورود.

ألقى عليها التحية.. وقال:

صباح الخير..

كارولينا:

صباح الخير..

لقد استيقظت أخيرا

أندرو:

أنا آسف.. هل نمت كثيرا..

كارولينا:

لقد كنت نائما مثل طفل صغير

أندرو: (احمر خجلا)

أين يمكنني أن آخذ حماما.. رجاء..؟

كارولينا:

أوه.. أنا آسفة.. دعني أساعدك..

هيّا بنا إلى البيت..

أندرو:

لقد شممت رائحة طعام شهي

كارولينا:

لقد ذكرتني وضعت الغداء في الفرن، هيّا بنا نسرع قبل
أن يحترق..

أندرو:

أنت طاهية جيّدة إذن..

كارولينا:

لقد أعددت طعام الإفطار وانتظرتك، ولكنه كنت نائما لذا
قمت ببعض الأعمال، ثم أعددت الغداء.

بعد أن دخلا إلى البيت صعدت به إلى الطابق العلوي، وأرشدته إلى غرفتها والحمام من أجل أن يستحم.

ونزلت هي لكي ترى الطعام.

بعد أن تناولا طعام الغداء، أخذت الفتا أندرو في جولة في حديقتها فقال لها:

لقد أعجبتني حديقتك.

أنت تحبين الورد.. وحديقتك جميلة.

كارولينا:

لقد استلهمت حديقتي من والدتك، وذلك من كثرة كلام والدتي عنها.

أندرو:

هل تعلمين بأن هناك الكثير من الورد في حديقتك برائحته الحقيقية، وتختلف عن رائحتها في حديقتي.

كارولينا:

سوف اعتبر هذه مجاملة..

أندرو:

لا.. ليست مجاملة.. صدقيني..

كارولينا:

أخبرني عن حديقتك كيف قمت بتجميع كل تلك الأزهار؟

كيف كان لديك كل ذلك الصبر لكي تفعل ذلك والعزيمة؟

أندرو:

لقد أقمت تلك الحديقة تخليدا لأمي

لقد كانت هي مصدر إلهامي أنا أيضا

كارولينا:

محظوظة هي والدتك

أندرو:

لما تقولين ذلك..؟

كارولينا:

لأن الرجالان في حياتها كان يحبانها بصدق

أندرو:

الحب إن لم يكن صادقا، فلا داعي لوجوده

كارولينا:

الرجلان الصادقان في حياة والدتك، قد أحباها بصدق وقد اهدياها حديقتين من الورود.

وأصدق تعبير عن الحب هو الورد.

أندرو:

إنها نفس الحديقة.

كارولينا:

ولكن ليس نفس الشخص، وأظن انك بذلت جهدا كبيرا لجعلها تصبح كما هي الآن.

أظن أنها جميلة جدا في الواقع وأجمل من الصور بكثير،

نظر إليها قليلا وصمت قليلا.. ، ويبدو من نظراته إليها وكأنه معجب بها أو بدا يقع في غرامها.

ثم قال:

هل ترغبين في رؤية الحديقة؟

هل توافقين على السفر معي إلى بيتي لكي تري الحديقة بعينيك على الطبيعة، ويمكنك في تلك الحالة أن تعطيني رأيك فيها.

ارتبكت كارولينا كثيرا ولم تصدق ما سمعته بأذنيها.

ثم قالت:

نعم.. أوافق.

ضحك أندرو.. وقال لها:

إذن جهّزي حقيبتك لكي تسافري معي غدا، فغدا موعد طائرتي.

فرحت كارولينا كثيرا بما حدث معها هي أيضا، فقد أعجبها ذلك أندرو الذي كان يحمل قلبا طاهرا ونادرا في خلده.

قامت كارولينا بحزم الحقائب، فقد قررت أن تعطي للشاب كل رسائل والدته أندريا، وأيضا أخذت معها ألبومات الصور لكي تترك لديه نسخا عنها ولكن آلة التطريز الخاصة بها كانت متوقفة، لذا قررت أن تأخذ الألبومات كما هي وهو في بيته يأخذ عنها نسخا.

ثم.. ولأنه بقي أمام رحلتهما ليلة، قررت أن تفاجئه بأمر ما.

قالت له بأنها ستأخذه في رحلة قصيرة لمكان ليس بالبعيد عن بيتهم وهي تدعي بأنها سوف تحول به في المنطقة

لكي يلتقط بعض الصور ولكنها لم تخبره عن وجهتهما الحقيقية.

عندما وصلا بعد أن قطعا مسافة طويلة سيرا على الأقدام، وقد نصحته بأن يرتدي حذاء يليق بالسير مسافات طويلة، كما غيّرت هي ثيابها لكي تتناسب مع الرحلة.

قضيا الليلة في مكان تعرفه، وقد كانت تعرف كل المنطقة لأنها ولدت وتربت هناك في نفس المكان.

وعندما طلع الضوء وقد كانت تنتظر طلوع النهار لكي تعرض له ماذا يوجد في المكان.

أيقظته ومد النظر وكان بإمكانه أن يرى ما أرادت أن يرى.

لقد كانت زهرة شوكولا كوزموس

يبدو أنها أخذته إلى مكان مليء بتلك الأزهار النادرة، حيث لم يصدق ما رآه بعينيه وكأنه حلم.

لقد حقق أحد أحلامه بفضل تلك كارولينا الجميلة، لم يصدق ما حصل معه..

أخبرته بأن هذه الحديقة السريّة هي ملك لصديق والدتها جابريلا التي أفنت حياتها في دراسة هذه البيئة، وهذه الأزهار النادرة وأخبرته بأن هذا كان سبب أن والدتها جابريلا لم تعد إلى بريطانيا، وعاشت هنا حتى التقت بوالدي وقررت الاستقرار وعدم العودة.

وأخبرته أمرا أكثر من ذلك

لقد كانت فتاة مليئة بالمفاجآت..

أخبرته بأنّ صديق والدته أندريا يقدم له زهرة من أجلها،

كانت تلك الأمور كانت تجلب السعادة، ولكن أندرو لم يصدق أن هناك من يفعل من أجل أخر هذه الأمور، لقد أحب تلك كارولينا من تصرفاتها.

عادا خلال منتصف النهار إلى البيت حيث تركته في عهدة شخص تعرفه لكي يعتني بالبيت، والدفيئة والنباتات والأشجار.

وسافرت مع أندرو.

بعد أن وصلا وبعد أن ارتاحا، طلب من أندرو أن تستعد لكي يأخذها إلى الحديقة.

عصب لها عيناها وامسك بيدها لكي يأخذها إلى الحديقة.

وعندما أصبحت وسط الورد وفي مركز الحديقة فتح عن عينيها وقال:

يمكن أن تنظري الآن ويمكنك أن تعطيني رأيك.

قبل أن تفتح عن عينيها كان يمكنها أن تشتم رائحة الورود، وكلّما مرت على شجرة أخبرته أيّ نوع ورد هو أو أي زهرة هي تبث عبيرها الآن.

لقد دهش بحاسّة الشمّ لديها لقد كانت تستطيع التمييز بين الأشجار والأزهار.

وعندما فتحت عينيها تفاجأت، وحدث لها ما حدث لها يوم بأيّ الزهرة النادرة وقالت:

أنا عاجزة عن وصف ما أرى..

فقال لها.. وهو ينظر إليها هي وقال:

وأنا أيضا عاجز عن وصف ما هو أمامي..

لقد كان الإعجاب بينهما متبادل، وبعد عدة أسابيع تطورت علاقتهما وطلب منها البقاء معه إلى الأبد.

طلب منها أن تبقى في البيت، وفي الحديقة وفي قلبه.

طلب منها أن تصبح حبيبته وزوجته.

وافقت كارولينا لأنها كانت معجبة به جدا وتزوجا وأقاما حفل الزفاف بالقرب من الحديقة في ساحة البيت.

لقد كانت ترتدي فستانا ابيض ومليء بالورد الأبيض، والطرحة مليئة بالأزهار البيضاء وأيضا تحمل باقة من الورد الأبيض في وسطها وردة حمراء.

بينما ارتدى هو بدلة رسمية بيضاء ولها ياقة طويلة سوداء، وربطة عنق بشكل فراشة باللون الأسود وحذاء أسود.

وأعلنا حبهما وارتباطهما إلى الأبد، أمام مدخل الحديقة وعاشا بسعادة.

Sommaire